# ... LES RIMES DE ...

# CHRISTOPHE PLANTIN

JUSTIFICATION DU TIRAGE

*Il a été tiré de cet ouvrage 450 ex. sur papier de Hollande numérotés de 1 à 450 et 50 ex. hors série marqués de A à L.*

EXEMPLAIRE N° 

# LES RIMES

DE

# CHRISTOPHE PLANTIN

*(Deuxième édition augmentée)*

PUBLICATION DU

MUSÉE PLANTIN-MORETUS

GRANDE LIBRAIRIE Sté ANme --- PLACE DE MEIR, 75

ANVERS

# Préface de la Première Édition

---

Les *Rimes* du grand typographe anversois, recueillies pour la première fois par Max Rooses, furent publiées par *l'Imprimerie Nationale* de Lisbonne à l'occasion de la Conférence du Livre tenue à Anvers en 1890.

Cette édition, aujourd'hui épuisée, contient en guise de préface l'envoi suivant de Max Rooses à M. V. Deslandes, directeur de *l'Imprimerie Nationale* de Lisbonne :

« Mon cher ami, lorsque, à l'occasion du trois-centième anniversaire du décès de Plantin, l'idée d'organiser à Anvers une Conférence du Livre vint à mûrir, vous me témoignâtes le désir d'imprimer un petit volume en souvenir de cette réunion, dont vous avez été l'un des plus anciens promoteurs et l'un des adhérents les plus zélés. Je vous conseillai de choisir comme texte de votre opuscule les vers de Plantin, disséminés dans ses publications, imprimés sur des feuilles volantes ou conservés en manuscrit dans les archives du Musée Plantin-Moretus. Sans hésiter, vous avez approuvé mon choix et voici que je vous envoie la copie de ce livre commémoratif, humble monument érigé en l'honneur du grand imprimeur anversois. Il vous est sans doute arrivé ce qui m'arrive : mieux vous avez appris à connaître cet homme extraordinaire et plus votre admiration pour lui doit s'être accrue. Cette vénération pour le célèbre architypographe m'a fait tout d'abord poser la question : n'est-ce pas amoindrir sa renommée que de réunir en volume ses rimes du hasard, écrites à de longs intervalles, inspirées par l'occasion bien prosaïque d'un livre à recommander ou à dédier ? Je ne l'ai pas cru.

« Plantin portait en lui un cœur de poète. Ce grand manieur d'affaires, cet industriel hors ligne était doublé d'un rêveur, d'un artiste amoureux des grandes entreprises, des belles formes ; c'était un idéaliste cherchant toujours à s'élever au-dessus de la médiocrité vulgaire, de la banalité coutumière. Vous connaissez ses entreprises gigantesques, son amour pour les beaux caractères typographiques, sa généreuse passion pour les illustrations de ses livres et son goût éclairé à choisir ses dessinateurs et ses graveurs ; vous vous rappelez les aspirations vagues de ce fils du seizième siècle vers un monde utopique, le mysticisme de ce rude travailleur qui rêvait un règne de paix et de charité universelles.

« N'est-ce pas une âme de poète qui se manifeste dans ces diverses aspirations vers le beau, le bien, l'au-delà ? Et faut-il s'étonner que, né à l'époque de la première efflorescence de la poésie française moderne, ayant coudoyé à Paris les amoureux du verbe précieux, il se soit essayé à revêtir sa pensée de la forme poétique, quand il voulait exprimer avec plus de soin l'estime qu'il ressentait pour les personnes ou le prix qu'il attachait aux idées ? N'est-ce pas ajouter un détail à la portraiture de cet homme extraordinaire que de le montrer, lui, l'excellent prosateur, tentant de cadencer harmonieusement ses paroles et de se montrer poète de fait comme il l'était de naissance ? Je le crois et vous l'avez admis tout d'abord avec moi.

« Il a beau nous assurer :

De la fontaine au chevalin ruisseau
Je n'ay pas beu : et si n'ay souvenance
D'avoir jamais dormi sur le coupeau
De la montagne aux dames d'éloquence.

« La manière même dont il le dit ; les plaintes dont il accompagne cet aveu d'impuissance :

Onques je n'eu l'aisance
Le temps ne la puissance ;
Comme j'ay eu le cœur ;
De vacquer à l'étude

nous prouvent assez clairement qu'il regrettait de n'avoir pu « caresser les filles de Mémoire » et qu'il ne renonçait qu'à son cœur défendant aux faveurs :

De Clio, Melpomème,
Ou Thalia qui mène
Des théâtres le jeu.

« Le temps, plus que le goût et le talent, lui a manqué pour se laisser aller à son penchant. Les pièces de vers que nous connaissons de lui, les seuls probablement qu'il ait faites, sont écrites à des époques fort différentes de sa vie.

« Les deux les plus anciennes que nous publions se rencontrent dans le premier ouvrage sorti de ses presses. La troisième en date se trouve dans *Les Ephémérides perpétuelles de l'air*, un livre qui se rencontre avec la date de 1555 et avec celle de 1556. Plantin y donne une nomenclature intéressante des livres qu'il avait fait paraître au moment où il écrivit les rimes. La quatrième pièce date de l'année 1557. C'est un souhait en faveur de l'Auteur, publié à la suite de la dédicace du *Vocabulaire françois-flameng très utile pour tous ceux qui veulent avoir la cognoissance du langage françois et flameng* par M. Gabriel Meurier.

«Viennent ensuite, de 1567, les pièces les plus longues : la dédicace aux Bourgmestre, Échevins et Sénat d'Anvers, son épître aux maîtres d'école et son adresse aux écoliers, imprimées toutes les trois dans les liminaires de *La première, et la seconde partie des dialogues françois pour les jeunes enfans.*

«Dans les liminaires de l'*A B C oft exemplen om de kinderen bequamelick te leeren schrijven*, imprimé par Plantin en 1568, nous lisons quelques vers flamands, signés de ses initiales que nous avons cru ne pas pouvoir omettre dans ce recueil.

«Nous trouvons en outre trois pièces imprimées sur feuilles volantes. D'abord *Le Bonheur de ce Monde — Sonnet,* évidemment une œuvre de prédilection de Plantin, datant de son âge mûr et résumant la philosophie pratique d'un homme qui a beaucoup vu, beaucoup peiné et qui, après les luttes rudes et bruyantes d'une existence et d'une époque agitées, aspire au repos et au calme de la vie de famille. Ensuite deux souhaits de bienvenue adressés au prince Guillaume d'Orange et à la princesse d'Orange, Charlotte de Bourbon ; le premier probablement à l'occasion de leur entrée à Anvers, en 1578 ; le second, imprimé deux fois en caractères différents, à l'occasion de la visite du prince et de la princesse à l'imprimerie plantinienne, le 14 décembre 1579.

«Je vous envoie enfin quelques lignes devant servir de texte explicatif à une gravure contenant l'effigie du roi Philippe II, texte écrit par Plantin sur un feuillet détaché, conservé au Museé Plantin-Moretus.

«Tout cela ne forme pas un bien gros bagage et ne suffit pas à classer notre grand imprimeur parmi les littérateurs. Mais vous avez cru comme moi que ces produits de sa muse, méritent d'être réunis en un volume de bibliophile et mis en relief, parce qu'elles nous viennent de celui qui a si bien mérité des imprimeurs, des auteurs et des amoureux du Livre. Je suis sûr que vous confectionnerez cet opuscule affectueusement et que nos Collègues de la Conférence le recevront avec plaisir comme un souvenir des heures passées ensemble comme un hommage rendu à celui dont le nom planera au-dessus de notre assemblée et dont le glorieux exemple nous incitera à faire œuvre utile et digne de lui.

«Quant a moi, je saisis avec empressement cette occasion de joindre mon nom au votre dans ce commun travail, consacré à la mémoire de celui sous les auspices duquel j'ai appris à vous connaître. Notre amitié compte déjà de longues années ; le temps n'a fait que la grandir et en faisant croître l'estime que je vous porte, il a consolidé les liens d'affection qui nous unissent.

«Recevez-en ici l'expression nouvelle et croyez-moi toujours

Votre tout dévoué

*Max Rooses,*
Conservateur du Musée Plantin.

Anvers, le 10 février 1890.

---

# Préface de la Deuxième Édition

---

Il y a quelques pièces de vers écrites par Plantin qui ne figurent pas dans les *Rimes* publiées par Max Rooses à Lisbonne. Ce n'est qu'après l'apparition de son petit volume, que l'érudit connaisseur de tout ce qui se rapporte à Plantin, les a découvertes.

Nous les avons insérées dans le présent recueil aux n^os^ v, xiii, xiv et xvi, estimant que leur publication est utile, non seulement parcequ'elles complètent l'édition de 1890, mais parcequ'elles contribuent dans une certaine mesure à rendre plus vivante encore l'image que nous nous faisons du célèbre architypographe anversois.

Nous avons ajouté à la fin du volume les notes explicatives qui se rapportent à ces quatre poésies, et au n^o^ x des notes le lecteur trouvera une petite étude, où nous exposons notre manière de voir dans la polémique concernant la paternité du fameux sonnet « *Le Bonheur de ce Monde* ».

Il est certain qu'en dehors des vers recueillis dans ce volume, Chr. Plantin en a écrit d'autres qui n'ont malheureusement pas été retrouvés.

Dans une lettre à son protecteur Çayas, secrétaire de Philippe II (24 novembre 1567) Plantin annonce qu'il lui envoie quelques bonnes feuilles d'un « livre d'exemples de lettres françoises » (1) qu'il avait réunis « pour la commodité des pauvres enfants qui n'ont le moyen d'estre entretenus aux écoles ». Il s'agit ici de l'ouvrage de P. Heyns *A. B. C. oft exempelen om de kinderen bequamelick te leeren schrijven. A, B. C. pour apprendre à écrire en françois,* imprimé en caractères de civilité et édité par Plantin en 1568. Plantin apprend également à Çayas qu'il a l'intention d'ajouter à cet ouvrage une poésie dédiée au fils aîné du Roi. « Pour auquel livret donner auctorité envers le vulgaire (ainsi que la face et nom royal donne valeur à la monnaye) j'ay délibéré de préposer quelques petits vers, au nom de la grandeur de nostre Prince très souverain, fils de Sa Majesté, afin d'induire ainsi peu a peu la jeunesse croissante à recongnoistre, révérer, admirer et aimer ce nostre Prince souverain, héritier légitime des royaumes, seigneuries, et qui plus est des vertus héroïques de nostre grandissime Roy très chrestien et très catholique et aux justes commandements duquel, par conséquent, ils devront un jour fidèlement obéir. »

Plantin n'osa pas imprimer cette dédicace sans l'avoir soumise à l'appréciation de Çayas. Dans une lettre datée du 15 décembre 1567, il fait savoir à son protecteur qu'il a abandonné l'idée d'ajouter à son *A. B. C.* l'hommage rimé au prince. (2) Il craignait « l'envie et babil » de quelques uns qui pourraient se moquer de lui « d'avoir osé préposer et

(1) Correspondance de Plantin I, p. 209.

(2) Correspondance I, p. 213.

quasi, comme ils vont dire, profaner le nom d'un tel prince, en choses si puériles.» (1) Plantin défend toutefois son idée première très adroitement. Il fait à ce propos un raisonnement qui donne une haute idée de son amour pour tout ce qui se rapporte au développement intellectuel : « Quant a moy, écrit-il, j'ay tousjours estimé que l'instruction de la jeunesse d'un paiis et tout ce qui en despend, comme sont l'escriture, l'imprimerie et les livres, est bien d'autant grande importance, pour le prince, que la monnoye mesme ou autre chose qui soit.» Malgré cet excellent argument il céda aux envieux et aux médisants.

Le poème dédicatoire était cependant prêt. Plantin l'envoya à Çayas avec la lettre du 15 décembre 1567, en six exemplaires imprimés, les seuls qui sortirent de ses presses, d'après la déclaration de l'auteur lui-même.

Peut-être un heureux hasard aidera un jour l'un ou l'autre chercheur à retrouver ces vers perdus.

*Maurice Sabbe,*
Conservateur du Musée Plantin.

Anvers, le 5 octobre 1921.

---

(1) Correspondance I, p. 214.

# I

## C. P.

### AU TRADUCTEUR

*Si tu pourſuis en tes traductions,*
*Amy Bellére, ainſi qu'as commencé*
*Ie m'attendray, qu'en bref nous te verrons*
*Egaler ceus qui ia t'ont deuancé,*
*Les egalant, ſoudain tant auancé*
*On te verra, que les laiſſant derriere,*
*Primier courras, aiant recompenſé*
*Ton tard partir, par ſubite Carriere.*

## II

## DOUZAIN

*Ne verray-ie point (las) que noſtr'Anuers*
*S'emerueille en ſon ſiecle bien heureus,*
*Voyant en ſoi ſ'aſſembler l'vniuers,*
*Pour l'enrichir de tous biens precieus ?*
*Verray-ie point le iour tant gracieus,*
*Que cognoiſſant ſon euident bonheur*
*S'ciouyra, voyant en ſoy l'honneur*
*Des nations ettranges l'honorer,*
*Qui de ſes vrais biens vertueus donneur,*
*L'enrichiſſant, l'eſt venu decorer ?*
*Car heureus eſt, qui pourra la douceur*
*De tes écrits (ô Brute) ſauourer.*

C. P.

*Eſperant mieus*

## III

# ODE

### AUS MUSES & POËTES D'ANUERS

*Vous, qui la douce Lire*
*Saués bien acorder,*
*Venés, Muſes, nous duire,*
*Sauoir bien recorder*

*Vos dous chants, qui reſonnent*
*Deſſus le double mont,*
*Quant vos amis redonnent*
*Les milleurs vers qu'ils ont*

*Apris de votre grace,*
*Et que fauoriser*
*Voulés à celle race*
*Venant solennizer,*

*Vos treſſaintes louanges :*
*Qui ſeroint autrement,*
*A tous peuples étranges,*
*Vn vain mépriſement.*

*Car ſi n'etoit la trope*
*De vos poëtes ſains,*
*Qui croiroit, en Europe,*
*Vos grans pouuoirs hautains ?*

*Venés donc vos merueilles,*
*Vn peu nous reciter,*
*Affin que les oreilles*
*Nous puiſſons inciter,*

*Du Peuple, encor auare*
*D'un tas de vieus Romans,*
*Pour quillaiſſe au Barbare*
*Marmoter tels vieus chants.*

*Qui votre honneur en ſerre,*
*Ont long tans detenu,*
*Tellement que ſous terre*
*On l'eſtimoit perdu.*

*Donnés a vos poëtes,*
*Regardés d'vn œil,*
*Vn chant, tel que vous étes,*
*En douceur nompareil.*

*Mais encore ne faites,*
*Qu'ils parlent grauement :*
*Car les chanſons parfaites*
*Ne plaiſent nullement,*

*Aus oreilles apriſes,*
*D'ouir ineptes vers :*
*Faites donc que compriſes*
*Soint par hommes diuers.*

*Car de quoi sert l'audace*
*D'vn Poëte orgueilleus,*
*Pour montrer l'efficace*
*De la vertu des cieus,*

*A vn simple rustique,*
*Qui iamais n'eūt ſouci*
*D'entendre la pratique*
*De ce bas monde ici ?*

*Donques, Muses mignardes,*
*Veillés vous abaiſſer,*
*Pour nos cordes couardes*
*En leur ton rehauſſer.*

*Alors, mes mignonnettes,*
*Gaiement nous chanteron,*
*Et à vos epinettes*
*Nous lucs accorderon.*

*Qu'attendés vous doucettes ?*
*De quoy aues vous peur ?*
*Craignés vous, douillettes,*
*Ici quelque moqueur ?*

*Vous ne deués pas craindre,*
*Car vos plus fauoris*
*Ne dedaignent plus joindre,*
*Auec nous leurs écris.*

*Déja Belon nous montre*
*Ces voiages lointains,*
*Par leſquels il rencontre*
*Les auteurs incertains,*

*Qui choſes décrit auoint,*
*Deſquelles n'étoint ſeurs :*
*Et par ainsi derog'oint*
*A vos plus beaus honneurs.*

*Puis ici nous enſeigne*
*Ce treſdocte Mizaut,*
*Preuoir par ſeure enſeigne*
*Pluie & froid, ſec & chaut :*

*Non par la Sphere agile,*
*Ni des Aſtres le cours,*
*Ou faut le plus habile*
*En ſes milleurs diſcours.*

*Mais bien par certains ſines*
*A tous aparoiſſans,*
*Qui ſont de croire dines*
*Tant en la vile qu'aus chans.*

*Puis Ronſard nous vient dire*
*Ses plus belles chanſons,*
*Que premier ſur la Lire*
*R'aprit dans vos girons.*

*Quoi ! je faus en l'ouurage*
*Que i'auois entrepris*
*Veu que de bien long age,*
*Anuers est le pourpris*

*De vos demeures belles,*
*Ou votre chœur ſucré*
*Peut chanter toutes telles*
*Chanſons, qu'au mont sacré.*

*Pourquoi donc, ô Poètes,*
*Taiſés vous vn tel heur ?*
*Car ce faiſant, vous êtes*
*Cause de mon erreur :*

*Qui ſouffrés qu'on ignore*
*Les plus vertueũs biens,*
*Dont l'étranger honore*
*Vos ports, quittant les ſiens*

*D'argument n'aués faute,*
*Ni de ſcauoir profond,*
*Pour matiere ſi haute*
*Eleuer de ſon fond :*

*Pourroit on donc bien dire*
*Que ſoion de l'honneur*
*Frustrés de votre Lire*
*Faute d'une faueur ?*

---

## IV

### SOUVHAIT EN FAVEUR
### DE L'AUTHEUR

*L'eſprit puiſſe faillir & l'art,*
*Sa plume conuertie en dart,*
*Et l'ancre en vn tres-lent poizon*
*Puiſſent meurdrir, en ſa maiſon:*
*L'vn, tout ſon corps outrepaſſant,*
*L'autre, peu à peu, ſaiſiſſant,*
*Le ſang vital du malheureus*
*Qui voudra d'vn ſens furieus*
*S'enhardir, de premediter,*
*Songer, écrire, ou inuenter*
*Quelques écrits, contre l'honneur*
*De ceus, qui jadis leur labeur*
*Dedierent au bien commun:*
*Et, encor pis ſoit l'importun,*
*Qui veût opiniâtrement*
*Blâmer celuy, qui brauement*
*Vient par un sentier mieus battu,*
*Conduire l'homme à la vertu.*
*Mais tout heur ſoit, à qui voudra*
*Chanter le los, que meritra*
*L'homme qui n'épargne le sien,*
*Pour enrichir le commun bien.*
*Et ainsi viue deſormais*
*Notre Meurier à jamais.*

*Labore & Constantia.*

*Ioannes Wierix fecit.*

CHRISTOPHORVS PLANTINVS.

ÆT. LXXIIII.

M.D.XXCIX.

LABORE ET CONSTANTIA.

*Vincis dum pateris, Plantine, tuosque labores*
*Æternum æternum fama loquetur anus.*
*Nec laudare opus: Invidiæ tu tunderis æstu:*
*Illuſtres tantum tundit at iſte viros.*

## V.

# CHRISTOPHLE P. A L'AVTEVR

### SONNET

*Tv dis, mon Rovilon, pourautant que je blâme*
*Le ſujet inconſtant que les François ont pris,*
*Que de moi te plaindras aus plus doctes eſpris*
*Qui ont en France écrit de l'amoureuſe flame :*

*Ie ne le blâme pas : mais je di qu'vne dame*
*Ne les tourmente ainſi que diſent leurs écris :*
*Et.que ſi quelquefois ils ſ'en treuuent épris*
*C'êt eus, & non l'objet qui mâtine leur ame.*

*Amour êt tout en tout : Amour êt choſe bonne :*
*Mais l'aimer inconſtant, qui leur eſprit étonne*
*N'êt rien qu'vne fureur dans leur ceruelle painte.*
*Puis je te craindrois plus q̄ ceus qu'ainſi tu vantes :*
*Parquoi je te ſuppli qu'a l'auenir tu chantes*
*En tes doctes écrits, l'Amour conſtante & ſainte.*

*LABORE, ET CONSTANTIA.*

# VI

## AUX EXCELLENS
### ET MAGNIFIQUES
### SIGNEURS

MESSIGNEURS les bourghemaiſtres,
eſchevins, & prudent ſénat de la
tres renommée ville d'Anuers, s.

*Comme vn bon metayer, qui auroit afermé*
*Quelque champ labourable, & là dedans ſeme*
*Diuers pepins et grains, & fait sa diligence*
*De le faire valoir, pour en cueillir l'aiſance*
*De contenter ſon maiſtre, & puis s'entretenir;*
*On verroit éperdu lorſqu'il a veu venir*
*Sur ſon eſpoir en herbe vn foudroyant orage,*
*Qui luy auroit brouï l'heur de ſon labourage:*
*Ainſi, nobles Signeurs, m'en prend-il maintenant:*
*Car au prim-temps dernier ie promis, que venant*
*De l'autumne le temps ie mettrois en lumière,*
*Deſſous voſtre faueur, vn beau Dictionnere*
*Flameng-françois-latin, qui feroit foy combien*
*D'vn labeur aſſidu ie n'épargne aucun bien,*
*Qui ſoit en mon pouuoir, ni aucune induſtrie*
*Pour aduancer l'étude, & bien de la patrie:*
*Mais ayant commencé le liure d'imprimer,*
*Suruenue eſt ſubit (comme vn vent d'outre-mer*
*Feroit ſur une fleur près d'estre épanouïe)*
*Ceſte greſle de maux; qu'on a ſouuent ouïe*

*Tumber sur nos voiſins ; ores nos plants brouïr*
*D'une telle viteſſe & roidëur, que fuir*
*Impoſſible il eſtoit cette grande furie,*
*Foudroyée d'en haut pour la mauuaiſe vie*
*De tous ceux qui ne ſont compte de s'amender*
*Au vouloir du Signeur, qui leur fait commander*
*En diuerſes façons par ſa Charité grande,*
*Que chacun prenne garde ; ainſi comme il le mande ;*
*De renoncer à ſoy, & noſtre croix porter*
*Après luy humblement, auant que nous vanter*
*D'eſtre ſes apprentifs. Tant s'en faut qu'aucun puiſſe*
*Eſtre vray enſeigneur de ſon diuin ſervice,*
*Tandis qu'opinion & orgueil tiendront lieu*
*En ſon cerueau rebelle à l'encontre de Dieu :*
*Lequel apprend aux ſiens d'enſuiure ſa nature :*
*Qui est d'eſtre humble & doux enuers ſa créature,*
*Qu'il r'appelle ſouuent, voulant la retirer*
*D'vn tas d'enormitez, où il la voit veautrer*
*Comme en la fange un porc. Que ſi elle mépriſe*
*Inceſſamment le bien que Dieu luy fauoriſe,*
*Alors ſa patience il couure de fureur,*
*Pour punir le peché de ſon peuple menteur.*
*Car c'eſt ſur ſa maiſon que premier il commence*
*D'exercer ſon courroux, & chaſſer l'arrogance*
*D'vn tas de ſeruiteurs qui luy ſont deſhonneur,*
*En s'avouant à tort du nom d'vn tel Signeur.*
*Si eſt-ce toutefois que tout ainſi qu'vn pere,*
*Ayant puni ſon fils, oublieroit ſa cholere,*
*Et mesmes bruleroit les verges dans vn feu :*
*Ainſi fait l'Eternel enuers ſon peuple éleu.*

*Car l'ayant affligé par ſes ennemis meſmes,*
*Il les accable en fin de miſeres extreſmes.*
*Et comme il eſt facile à pardonner aux ſiens,*
*S'eſtans humiliez en cognoiſſans ſes biens :*
*Auſſi iuste & ſeuere il exerce vengeance*
*Contre ſes ennemis, qui niënt ſa puiſſance.*
*Teſmoins en ſont Cain, & le peuple peruers*
*Qui du temps de Noé polut tout de l'vniuers.*
*Ceſtuy-la fut maudit, & les autres perirent.*
*Au deluge ſuiuant. Horrible mort ſouffrirent*
*Les enormes citez d'où Loth fut retiré.*
*Et Pharao le roy, qui s'eſtoit empiré*
*De plus en plus penſant, par ſa ſolicitude*
*Et fiere cruauté touſiours en ſeruitude*
*Tenir le peuple Hebrieu, à la fin éprouua*
*L'ire du ciel, alors qu'englouti ſe trouua*
*Au fons de la mer rouge. O Dieu ! quelle penſée*
*M'a ainſi diuerti de l'oeuure commencée ?*
*Pardonnez-moy, Signeurs, ſi traictant du labeur*
*Ie me ſuis égaré es oeuures du* SIGNEVR
*Ainſi eſt quelquefois le paſteur aſtrologue :*
*Ainſi le ſauetier trenche du theologue :*
*De la geographie ainſi le nautonnier*
*Fait les deſcriptions : Ainſi le gros bouuier*
*Veut traicter choſe grande : & de philoſophie*
*Compter le iardinier.* MAIS *quiconques ſe fie*
*De pouuoir enſeigner choſe qu'il n'a apprins*
*Par bonne experience, en fin ſe trouue prins*
*Et n'échappe iamais qu'en la fin il ne menge*
*Le fruict de ſon orgueil, qui au plus bas le renge*

*Et pourtant, MESSIGNEVRS, afin de retourner*
*A ce liure ſuſdict commencé d'imprimer ;*
*Pourſuiure ne l'ay peu, tardé par la malice*
*De ce temps ennuyeux ; auquel voſtre police*
*Bonne & ſaincte n'a ſçue tant faire, qu'aſſeuré*
*Se trouuât le marchant au trouble ineſperé.*
*De quoy s'eſt enſuiui que mainte oeuure entrepriſe,*
*Pour vn temps a eſté de maints arriere-miſe.*
*Car la paix & recepte eſt le nerf qui ſouſtient*
*L'ouurier en ſon trauail : & cela d'où prouient*
*L'heur & felicité de chacune Prouince,*
*Et qui fait proſperer la grandeur de ſon Prince.*
*Imitant donc encor noſtre fermier ſoigneux,*
*Qui, eſperant trouuer ſon maiſtre gracieux,*
*Luy porte quelque peu du reſte de l'orage,*
*Priant que pour ceſt an il reçoiue pour gage*
*Ce petit don, teſmoin du vouloir qu'il aura*
*De mieux luy preſenter, quand mieux luy adviendra :*
*Ie consacre à vos pieds ces petits DIALOGVES,*
*Qui contiennent les mots & phraſes des colloques*
*En François & Flameng, dont les enfans entre eux*
*Vsent communement. Ie ſçay bien qu'vn facheux*
*S'en moquera ; penſant que c'eſt choſe trop fole*
*D'offrir à un SENAT vne telle frivole.*
*Ie luy pardonneray ; s'il me prouue deuant,*
*Que ce ſoit choſe fole au SENAT cler-voyant*
*De pouruoir tempre & d'heure à la ieuneſſe tendre,*
*D'ou croiſſant il ſ'enfuit vn peuple, qui doit rendre*
*Ou bien continuer, l'heur de ſa nation ;*
*Qui eſt, qu'on ſache vſer de ſa VOCATION,*

*Où appellé on eſt de Dieu et ſa nature.*
*Car ſans cela, iamais tranquilité qui dure*
*Ne pourroit s'établir en aucune Cité.*
*Il faut donc que l'enfant ſoit en temps incité*
*De cognoiſtre que l'vn a receu la puiſſance*
*Pour commander à droict : l'autre à l'obeiſſance*
*Eſt tenu ſ'exercer, ſçachant que l'obeir*
*Neceſſaire eſt autant pour l'vnion tenir,*
*Comme à l'homme pour viure eſt la viande bonne.*
*Eſtant ainſi conduit, noſtre enfant il s'adonne*
*A reuerer tous ceux qui addreſſé l'auront*
*Aux Maiſtres & moyens, qui en fin le rendront*
*Aimé en toute place. Bien, mais telle matiere*
*(Dira quelqu'vn) n'eſt pas en aucune maniere*
*Traictée en ce liuret. Ie pren qu'il ſoit ainſi ;*
*Et meſmes qu'il ſera d'enfantiſes farci.*
*Il me ſuffit s'il n'a rien d'impropre ou de ſale ;*
*Et, ſi mieux il ne vaut, qu'aux iouëts on l'égale,*
*Au bouquet, à l'éteuf, ou fruit aſſaiſonné,*
*Qui ſagement ſeroit à vn enfant donné*
*Pour l'allicher de loin, & peu à peu le duire*
*A aimer le chemin, où on le veut conduire.*
*Qui ne ſçait les enfans apprendre, & aimer mieux*
*Ce qui eſt propre à l'aage, & familier entre eux ?*
*Cela,* NOBLES SIGNEVRS, *me nourriſt l'eſperance,*
*Que voſtre humanité & ſage preuoyance*
*Ne prendra pas en mal, qu'vn voſtre ſeruiteur*
*Oſe vous preſenter quelque fruict qu'il a meur,*
*Pour donner aux enfans nourris en voſtre ville.*
*Car bien que le preſent ſoit du tout puerile,*

*Il procede d'vn cœur autant bien affecté*
*De faire humble seruice à vostre auctorité,*
*Que plus il ne pourroit. Quelquefois la poignée*
*D'herbes, fueilles ou fleurs, du iardinier donnée ;*
*Plaist aux Princes & Rois, autant qu'vn diament,*
*Par le riche apporté du païs d'Orient.*
*Quelquefois un sonnet a troué tant de grace*
*Enuers vn grand Signeur, qu'vne grosse liace*
*De volumes entiers. C'est le cœur vertueux,*
*Non la grandeur des dons, qu'vn Signeur gracieux*
*Regarde en son subiect. Parquoy vostre prudence*
*Considerée à droict me donne l'asseurance,*
*Qu'ainsi il vous plaira d'en vser enuers moy.*
*Et m'en apperceuant ie n'auray grand émoy,*
*D'écouter qu'en diront ceux, à qui ne peut plaire*
*Quelque chose, qui soit à leur palais contraire.*
*Car c'est aux vertueux que i'ay de cœur voué*
*Mon labeur assidu. AINSI donc aduoüé*
*Puisse-il estre à iamais d'vn tant noble COLLEGE,*
*Où Prudence & Vertu en tout temps trouuent plege.*
*AINSI vostre conseil puisse amener la paix ;*
*Ainsi sous nostre ROY l'oliuier soit espaix :*
*Ainsi par son vouloir puissies-vous de Concorde*
*Enserrer les deux mains de l'infecte Discorde :*
*Ainsi l'amour de Dieu conduise ses subiects,*
*Ainsi obeissans luy soyent-ils & subiects :*
*Ainsi les mariniers seurement la mer hantent :*
*Ainsi les estrangers en ses païs frequentent :*
*Ainsi dessous ses loix s'asseurent les marchans :*
*Ainsi les laboureurs sans peur sement leur chams :*

*Ainſi l'artiſan chante en faiſant ſon ouurage :*
*Ainſi le bon rentier gouuerne ſon ménage :*
*Ainſi le gay paſteur ſaute apres ſes agneaux :*
*Ainſi le meſſager paſſant forests & eaux,*
*Puiſſe luy rapporter touſiours bonnes nouuelles :*
*Et ainſi puiſſions-nous en feſtes ſolennelles*
*Louer* DIEV *a iamais, de la proſperité*
*Rendue à ſon Egliſe. En quoy ſa Maiesté*
*Puiſſe de plus en plus toujiours eſtre ſeruie,*
*Et l'humble affection des bons eſtre aſſouuie.*

DE VOS N. SS.

*Le treshumble ſeruiteur,*

*Chriſtophle Plantin.*

CHRISTOPHORVS PLANTINVS.
M.D.XXCIIX.
LABORE ET CONSTANTIA.
ÆT. LXXIIII.

## VII

# CHRISTOPHE PLANTIN
# IMPRIMEUR,

### AUX PRVDENS ET EXPERTS

Maiſtres d'écolles, & tous autres qui s'em-
*ployent à enſeigner la langue françoiſe*

*Non, Meſſieurs, non, ie ne me vante pas*
*D'estre orateur, pœte, ou maistre d'école :*
*Ne par les traicts de mon cernant compas*
*Des deuanciers arondir la parole.*
*Onques ie n'eu l'aiſance,*
*Le temps, ne la puiſſance ;*
*Comme i'ay eu le cœur ;*
*De vacquer à l'étude,*
*Touſiours Ingratitude*
*A dérobé mon heur.*
*De la fontaine au cheualin ruiſſeau*
*Ie n'ay pas beu : & ſi n'ay ſouuenance*
*D'auoir iamais dormi ſur le coupeau*
*De la Montagne aux dames d'eloquence.*
*De Clio, Melpomene,*
*Ou Thalia que mene*
*Des theatres le ieu,*
*D'Euterpe ou Calliope,*
*Ni d'autre de leur trope*
*La grace ie n'ay eu.*

*L'aucteur des vers ne m'a donné pouuoir*
*De caresser les filles de Memoire :*
*De sà chaleur n'ay senti m'émouvoir,*
*Pour d'ignorance acquerir la victoire.*
*Vray' est que de nature*
*I'ay aimé l'écriture*
*Des mots sententieux :*
*Mais l'Alciatė pierre*
*M'a retenu en terre*
*Pour ne voler aux cieux.*
*Cela voyant, i'ay le mestier éleu,*
*Qui m'a nourri en liant des volumes.*
*L'estoc receu puis apres m'a émeu*
*De les écrire à la presse sans plumes.*
*Ainsi ne pouvant estre*
*Pœte, écriuain, ne maistre,*
*I'ay voulu poursuiuir*
*Le trac, chemin, ou trace,*
*Par où leur bonne grace*
*Ie pourrois acquerir.*
*Perdu ie n'ay l'espoir de mon labeur :*
*Car maint ami des seurs Aoniennes*
*A bien voulu me faire la faueur*
*De m'enuoyer les doctes œuures siennes.*
*Et comme vn protocole*
*En public diuers role*
*Fait à vn seul iouër :*
*Ainsi diuers langage*
*Maint docte personnage*
*Me commande auouër.*

*Graces à Dieu, ie ne me ſens pourtant*
*Si dépourueu de ſens, ne fantaſtique,*
*Que ie m'en tinſe en rien plus arrogant,*
*Pour reſſembler en fin l'aſne Aeſopique.*
*Qui perd la modeſtie*
*En tranſe vse ſa vie,*
*Craignant d'eſtre montré*
*Auoir prins la liurée,*
*Que la fable a donnée*
*A l'oiſeau bigaré.*
*Sur tout ie priſe vn cœur qui ſoit vetu*
*D'vne ame bonne, & qui tousiours s'applique ;*
*D'autant qu'il peut ; à suiure la vertu,*
*En auançant l'heur de ſa republique.*
*La fleche décochee*
*Selon l'arc & portée*
*Eſt plaisante au tireur :*
*Faiſant en tout affaire*
*Cela que ie puis faire*
*Ie contente mon cœur.*
*Bien qu'en cachette aucuns lancent leurs dards,*
*Pour nous attaindre, & faire perdre chance :*
*Ie n'employray contre eux d'autres ſoudards*
*Pour les réger, que* LABEVR & CONSTANCE.
*Le malin qui s'attache*
*Contre l'abſent, & tâche*
*Le faire diffamer :*
*Luy-meſme ſe tourmente,*
*Et peu à peu augmente*
*Vn mal pour ſ'abîmer.*

Pas ie ne flatte, ou veux eſtre flatté.
Heureux celuy qu'on reprend de ſa faute,
Et qui ſ'amende eſtant admonnêté.
L'orgueil fait prendre vne cheute trop haute.
Admonêtant le ſage
Tu acquiers ſon courage ;
Car il t'en ſaura gré.
Or iamais l'ignorance
Ne veut qu'on la balance
A vn meilleur degré.
Les gouſts auſſi on voit tant differens,
Qu'impoſſible eſt de leur faire vue fauſſe
Plaiſante à tous : Mesmes les restaurens
Aucun diroint estre vne poison fauſſe.
L'humeur qui est reuêche
Le iugement empêche,
Chaſſant le bon relais :
Toutefois la viande
N'en est pas moins friande,
A vn docte palais.
C'eſt de touſiours qu'on trouue des cerueaux
Si renfrongnez, que rien bon ils n'approuuent,
S'il n'est ſorti d'eux, ou de leurs rinceaux,
Ou qu'en vsage à leur cour ils ne trouuent.
A tels ie n'ay enuie,
Ains ie les licencie
De retourner aux glans ;
Et d'écrire ſur fueilles,
R'amenant les merueilles
Du bon paſſé vieu tans.

*Et ſi quelqu'vn pour nouueauté voudra*
*Eſtablir loix, que de fruictage on vſe*
*Au lieu de pain ; pour vn temps il aura*
*La fræle amour de l'enfant qui ſ'abuſe.*
*Mais iamais l'homme ſage*
*Ne changera l'vſage,*
*Sinon de bien en mieux :*
*Et alors ie conſeille*
*Qu'enſuiuir on le veille,*
*Remerciant les vieux.*
*Cela ie di, vn chacun ſuppliant*
*De ne ſouffrir en noſtre œuure aucun vice*
*Sans m'aduertir : afin qu'en le voyant*
*Bien toſt après corriger ie le puiſſe.*
*Receuant ceſte adreſſe,*
*Ie prendrai hardieſſe*
*De ſuiure mon labeur :*
*Et de cœur rendray grace*
*A quiconque me face*
*Vne telle faueur.*
*AINSI, Meſſieurs, puiſſiez-vous deſormais*
*De bons enfans auoir pleines écoles,*
*Vous reuerans & aimans à iamais,*
*Pour le profit de vos ſages paroles.*
*O le maiſtre ſage*
*Qui d'un prudent vſage,*
*Vertueux eſt prouué !*
*O la ieunesse heureuſe*
*Qui à loy vertueuſe*
*Vn bon maiſtre a trouué !*

## VIII

## LE MESME AUX JEVNES ENFANS DE BON NATVREL.

*Petis mignons, voici des fraiſes*
*De noſtre champ, & du pain cuit :*
*Mais, pour bien croiſtre ſains & aiſes,*
*Mangez le pain auec le fruit.*
*Tout fruit crud à déieuner nuit ;*
*Que ſans pain manger on ſ'aduance :*
*Et puis après, pour recompenſe,*
*On tombe en haine & mauuais bruit.*

*Mais eſt-il choſe plus vilaine*
*A l'enfant, que d'eſtre apperceu*
*De ſes amis auoir la haine ;*
*Faute d'auoir leur conſeil creu ?*
*Iamais vn tel ne ſera veu*
*Des gens de bien auoir la grace :*
*Et comment qu'il change ſa face,*
*Pour laid enfant sera cogneu.*

*Combien belle deuient la plante*
*Qu'en ſionnant on fait plier !*
*Mais eſt-il chose mieux ſeante*
*A l'enfant que s'humilier ?*
*Un tel ſera entre vn milier*
*Baiſotté de toute perſonne,*
*Et quelque choſe qu'on luy donne,*
*Mieux on luy promet enuoyer.*

*Sus donc, MIGNONS, qu'on obeiſſe*
*Au bon conſeil de ſes amis :*
*Et ſ'il eſt choſe que ie puiſſe,*
*Il vous ſera de cœur promis,*
*Liuré, & en vos mains remis.*
*O le bon & le beau fruitage*
*Qui croist chès nous, & dont l'vsage*
*A tels ENFANS ſera permis !*

*PAR LABEVR ET CONSTANCE*
*ON PASSE TOVTE CHANCE*

---

## IX

## C. P.

TOTTEN IONGHERS DIE GREYTICH OM LEEREN SÏIN,
ENDE GHEENEN MIDDEL EN HEBBEN
OM SCHOLEN TE GAEN

*GHELOFTE maecktſchult, en schult wordt niet quijt gheſchouwen,*
*Dit wete ick, Const-lievende kinders, ſeer wel, maer*
*Al hebdy langhe ghebeydt, ten mach v niet rouwen ;*
*Want hy doet wel die d'oudt betaelt int nieuwe iaer.*
*Ontfanght dan danckelyck deſen A B Eerbaer.*
*Die ick v hebbe vut goeder ionſten willen schencken :*
*Leeſten, ſchryften, verſtaeten, en ſchickter v naer,*
*Soo wil ick v, alſt paſt, met wat meerders ghedencken.*

---

### TRADUCTION

CHRISTOPHE PLANTIN AUX ENFANTS STUDIEUX ET MANQUANT DE MOYENS
POUR FRÉQUENTER L'ÉCOLE

Promesse oblige, et qui s'oblige doit s'acquitter. Je le sais fort bien, enfants studieux, mais pour avoir longtemps attendu vous ne perdrez rien; car qui dans l'année nouvelle paie ses dettes de l'année passée se conduit en honnête homme.
Recevez donc avec reconnaissance ce charmant Alphabet que je vous offre de bonne grâce, lisez-le, écrivez-le, comprenez-le et conformez votre conduite aux leçons qu'il renferme. De mon côté, je vous offrirai au moment voulu un cadeau plus important.

CONSTAN

# X

## LE BONHEUR
### DE CE MONDE

SONNET

*AVoir une maiſon commode, propre & belle,*
*Un jardin tapiſſé d'eſpaliers odorans,*
*Des fruits, d'excellent vin, peu de train, peu d'enfans,*
*Poſſeder ſeul, sans bruit, une femme fidéle.*

*N'avoir dettes, amour, ni procés, ni querelle,*
*Ni de partage à faire avecque ſes parens,*
*Se contenter de peu, n'eſpérer rien des Grands,*
*Régler tous ſes deſſeins ſur un juſte modéle.*

*Vivre avecque franchiſe, & ſans ambition,*
*S'adonner ſans ſcrupule à la dévotion,*
*Domter ſes paſſions, les rendre obéiſſantes.*

*Conſerver l'eſprit libre, & le jugement fort,*
*Dire ſon Chapelet en cultivant ſes entes,*
*C'eſt attendre chez soi bien doucement la mort.*

## XI

## SOVHAIT

*Puiſque ores le voiſin du voiſin se deffie,*
*Penſant qu'il n'aime pas le bien de la Patrie ;*
*Si par quelque feſtin, feu de joye, ou chanson ;*
*Par fiffres & tambours, ou bien quelque autre ſon*
*Il n'honore le Prince & Princeſſe d'Orange :*
*Ie, qui trente ans paſſés, d'Anvers ne ſuis eſtrange ;*
*Et qui ſouhaitte autant le Bien-public qu'aucun,*
*Doibs auſſi demonſtrer, en ce temps oportun,*
*Mon Souhait imprimé envers leurs Excellences,*
*Que je declare icy par ces brefues ſentences :*

*Du deſir de mon cueur je prie au ſouurain Dieu*
*De leur fauoriſer la Grace en chacun lieu,*
*D'entendre ſon vouloir, & à luy ſe ſoubmettre,*
*Pour faire à chacun droict ; et l'oppreſſé remettre*
*En ſa poſſeſſion : ſans jamais prendre eſgard*
*A conſanguinité, opinions, ni fard*
*Que l'homme outrecuidé en ſa vaine ſcience,*
*Exerce fauſſement sur mainte conſcience.*
*Par ainſi s'enfuira toute Diſſenſion,*
*Et reuiendra la Paix, & la ſaincte Vnion.*
*Ainſi la Pieté, ainſi la ſaincte Egliſe,*
*Et le deuoir au Roy, regneront ſans fainctiſe.*
*Dont vn chacun ſentant en ſoymeſmes tel heur,*
*Benira pour jamais la diuine faueur.*

*Ainſi ſoubs vn Pasteur & vne Bergerie,*
*Vueille Dieu nous renger en l'eternelle vie.*

*AMEN.*

## XII

## LE SEVL DIVIN EST PERDVRABLE
## TOVTE AVTRE CHOSE EST PERISSABLE

*Toute chose qui est imprimée de Dieu*
*Et vit par luy, ô Prince & Princeſſe d'Orange,*
*Teſmoigne par l'effect le naturel du lieu*
*D'où elle vient, & là en fin elle ſe range.*

*Le terreſtre ça bas & le celeſte en haut*
*Selon l'ordre divin faut touſiours qu'il retourne :*
*Ce qui eſt outre plus debvra faire le faut*
*Quand il plaira à Dieu quelque temps qu'il ſejourne.*

*Heureux donques celui qui ſelon le conſeil*
*Du Seigneur Jeſu Christ à ſoy meſmes renonce,*
*Rengeant ſa volonté, effort, & apareil*
*A cela que Dieu veut, eſtabliſt & prononce.*

*En ſa miſericorde ainſi le prion nous*
*Que toute opinion & vanité ceſſante*
*La verité diuine ait force dedans tous,*
*Pour confeſſer chacun la choſe à luy nuiſante.*

*Ainſi nul ne craindra fauſſe accuſation,*
*Ainſi chacun ſuivra le bon ordre & police*
*De ſeſ Superieurs ſans contradiction :*
*Ainſi Dieu vous aduance à ſa gloire & ſeruice.*

*Faict & imprimé preſents les treſilluſtres*
*Prince & Princeſſe d'Orange,*
*venus voir l'Imprimerie de Christophle Plantin*
*Le XIIII. jour de Decembre. M.D.LXXIX*

## XIII

## AV PRVDENT SENAT, ET PEVPLE D'ANVERS, CHRISTOPHLE PLANTIN.

*C'eſt grand honneur, Meſſieurs, de voir tant d'eſtrangers*
*Des quatre Parts du Monde (auec mille dangers)*
*Apporter ce qu'ils ont d'eſprit & de puiſſance*
*Pour rendre voſtre ville vn Cornet d'abundance,*
*De ſçauoir & de biens : Ceſtuy l'enrichiſſant*
*D'or, d'argent, de ioyaux ; ceſtuy-la choiſiſſant*
*Viures y apporter ; l'autre quelque denrée,*
*Qu'il aura veu ſouuent de pluſieurs deſirée.*
*Vn autre, tout raui du beau luſtre & ſplendeur*
*De tous ces Païs-bas, decſrit l'heur & l'honneur*
*D'où iouïr les a veu ſur toute autre Prouince,*
*Qui oncques obeit à clement & bon Prince.*
*De ſorte qu'il ſeroit difficile, & doubteux*
*Quel ſigne de bon gré (pour ne reſter honteux*
*Envers tant d'eſtrangers) on pourroit iamais faire*
*Qui abſolutement leur deuſt duire, & bien plaire.*
*M*AIS *voicy, mes Seigneurs, voſtre ABRAHAM ORTEL*
*Vous fait ores preſent si precieux, & tel ;*
*Que, comme la ſonteine en ſurgeons abondante*
*Surpaſſe de bonté, & valeur excellente*
*La ciſterne, où il faut conduire, ou porter l'eau ;*
*Ainſi noſtre Abraham, en ce THEATRE beau*

*Et opulent, prodigue & foiſonne à largeſſe*
*A l'eſtrange, & aux ſiens du monde la richeſſe :*
*Si bien qu'ores les Roix, les Princes, les Seigneurs,*
*Les Nobles, les Marchands, Artiſans, Laboureurs,*
*Voire & les plus ſçauans, & qui veulent comprendre*
*Ce qu'à grans frais & peine il leur faudroit apprendre ;*
*Nauiguant, & allant pour voir tout l'VNIVERS,*
*Viennent tout le puiſſer en la ville d'ANVERS :*
*Où vn seul ABRAHAM au double recompenſe*
*Tout bien-fait & honneur qu'aucun eſtranger penſe,*
*En faiſant ſon affaire, y auoir conféré.*
*AINSI, nobles Seigneurs, chés vous eſt engendré*
*Celuy que DIEV conduit pour declarer au monde*
*Les Singularités de la TERRE, & de l'ONDE.*

---

## XIV

# AV DEBONAIRE SPECTATEVR ET LECTEVR DV THEATRE

### D'ABRAHAM ORTEL, GEOGRAPHE TRESEXPERT.

*Si quelqu'un pour remectre au chemin les errants ;*
*Ou ſi pour enſeigner à droict les ignorants ;*
*Ou bien pour aſſiſter de choſe neceſſaire,*
*A celuy qu'il verra preſſé de quelque affaire,*
*Merite d'eſtre aimé de ceux qui ont receu*
*De luy tel benefice ; ou qui ont aperceu*
*Le bon zele qu'il a, de ſe rendre propice*
*A celuy qui voudra recevoir ſon ſervice :*
*Combien doit on cherir noſtre ABRAHAM ORTEL,*
*Pour nous avoir dreſſé ce grand œuvre immortel*
*Nommé DE L'VNIVERS LE THEATRE; où les Cartes*
*De tout le Monde ſont ? Auquel ; ſans que tu partes*
*Du ſueil de ta maiſon, quiconques ſois ; tu peux*
*Apprendre le chemin pour aller où tu veux.*
*Et ſi ; sans te bouger ; tu aimes mieux apprendre,*
*Où le Marchand s'en court chaſque denrée prendre,*
*Icy tu le verras ſans courir le danger*
*Des chemins perilleux, ni de la haute mer*
*Les flots impetueux. Que ſi tu veux comprendre*
*Quels païs envahit le cupide Alexandre,*
*Et tout autre qui ait ; ſoubs quelque titre beau ;*
*Entreprins d'aſſervir le peuple à ſon cerveau,*
*Cuidant ; en vain ſaouler ſa ſuperbe barbare,*

*Et desir furieux ; embrassé par l'avare*
*Chef ou soldat cruel voulant tout engloutir,*
*Cecy t'y seruira : & pourras enrichir*
*De l'Vniuers total seurement ta memoire.*
*Reste, que satisfaict, tu en rendes la gloire*
*A l'esprit d'où tel œuvre a receu nostre autheur*
*Pour le communiquer, comme il fait de bon cœur :*
*Sçachant que qui reçoit d'vn Seigneur quelque chose*
*Pour la distribuer, ne la doibt tenir close*
*Au detriment d'autruy ; ny s'en faire heritier*
*Comme s'il en fust Maistre, & non le Despensier.*
*Ainsi tout homme doibt humblement recognoistre,*
*Et de tout son pouvoir, en temps, faire apparoistre*
*A quiconques ce soit ; qu'il tient tout ce qu'il a*
*Du grand DIEV, qui estoit, est, & tousiours sera*
*Par son fils IESVCHRIT ; nostre vie asseurée :*
*Que nostre ORTEL a prins pour BVT DE SA VISEE.*

*PLANT'EN CHRIST LA FOI.*

## XV

*Ce monde et ceſte croix, ce glaiue, et ce rameau*
*Que Chriſt preſente au Roy demonſtre en ce tableau ;*
*Que Dieu eſt ceſtuy la qui faict miſericorde,*
*Iugement, et Iustice ; et qu'au peuple il accorde*
*Vn Roy, pour gouuerner ainſi qu'il est beſoing.*
*Qu'un chacun de nous tous prenne donques le ſoing*
*De viure, et de mourir ſous la loy et clemence*
*Du Signeur et du Roy ; afin qu'en pacience*
*Par la foy, Eſperance, et vive charité*
*Nous puiſſions perſiſter en la ſaincte vnité.*

### VARIANTE

*Ce monde, ceſte croix, ceſte eſpée, ceſte olive*
*Par Chriſt baillés au Roy monſtrent qu'en la foy vive*
*Par iuſtice et clemence il doibt les ſiens regir ;*
*Et qu'à Dieu, et au Roy chaicun doibt obéir.*

# XVI

*Vn Labeur courageux muni d'humble Conſtance*
*Reſiſte a tous aſſauts par douce (ſimple) pacience.*

Labeur courageux muni d'humble Constance
Resiste à tous ~~par~~ assauts par simple pacience

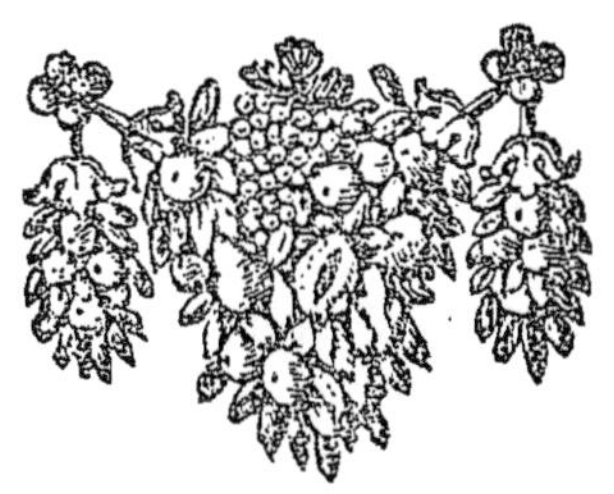

# TABLE ET NOTES EXPLICATIVES

## I

## C. P. AU TRADUCTEUR

Vers adressés au traducteur du premier livre imprimé par Plantin, «*La institvtione di vna fancivlla nata nobilmente. L'institvtion d'vne fille de noble maison. Traduite de langue Tuscane en François.* En Anvers de l'imprimerie de Christofle Plantin. Avec privilège. 1555.» Le livre se rencontre aussi avec l'adresse : «En Anvers chez Jehan Bellére à l'Enseigne du Faucon. Avec privilège.»

L'auteur du livre est Jehan-Michel Bruto ; le traducteur Jean Bellère. Ce dernier imprimeur et associé de Plantin dans la publication du volume avait traduit *l'Institution d'une fille de noble maison* par ordre de Plantin, comme nous l'apprend le privilège du livre daté du 5 avril 1555.

## II

## DOUZAIN

Écrit en l'honneur de Jehan-Michel Bruto inséré dans les liminaires du même ouvrage. Bruto naquit à Venise vers 1515 et mourut dans la Transylvanie vers la fin du XVIe siècle. Il se fit avantageusement connaître comme historien et comme latiniste. Ayant dû quitter sa patrie, il passa une bonne partie de sa vie à voyager en différents pays. La dédicace de l'ouvrage est datée d'Anvers, le premier mai 1555. Ce fait et les vers de Plantin prouvent que l'auteur habitait Anvers à cette époque.

La présente pièce est signée *Esperant mieus,* une devise qui caractérisait bien Plantin, mais qu'il n'employa plus après cette occasion.

## III

## ODE AUX MUSES ET POÈTES D'ANVERS

Cette pièce se trouve dans les liminaires de *Les Ephemerides perpétuelles de l'air : par lesquelles on peut auoir vraye et asseurée cognoissance de toutz changementz de temps, en quelque pais et contrée qu'on soit.* En Anvers chez Christofle Plantin près la bourse neuue. Avec privilège. M.D.LVI. Il y a des exemplaires datés de 1555.

Plantin n'a pas signé ces vers ; il n'y a point à douter cependant qu'ils soient de lui. Il y fait appel au bon vouloir des poètes d'Anvers, les engageant à lui fournir des textes pour ses éditions et cite certains ouvrages déjà publiés par lui : *Les observations de plusieurs singularitez et choses memorables, trouuées en Grece, Asie, Iudée, Egypte, Arabie & autres pays estranges redigées en trois Liures par* Pierre Belon *du Mans* ; *Les Ephemerides perpetuelles de l'air par* Antoine Mizauld ; *Les Amours de P. de Ronsard vandomois, nouvellement augmentées par luy. Avec les continuations desdits Amours et quelques Odes de l'Auteur non encore imprimées. Plus, le Bocage & Meslanges dudit P. de Ronsard*, imprimé en 1556 par Plantin pour Abel Langelier de Paris et que nous connaissons avec l'adresse «A Rouen, par Nicolas le Rous, 1557 ».

## IV

## SOUHAIT EN FAVEUR DE L'AUTHEUR.

Vers adressés à Gabriel Meurier, le grammairien, maître d'école à Anvers et insérés dans les liminaires du «*Vocabvlaire François-Flameng tres vtile povr tovs ceux qui veulent auoir la cognoissance du Langage François. & Flameng. Auquel, outre vn grand nombre de dictions, y sont aussi adjoutés les Genres et Accens de chacun mot. Par M Gabriel Meurier.* En Anvers de l'imprimerie de Christofle Plantin en la Rue de la Chambre, à la Licorne d'or. 1557.»

## V

## CHRISTOPHLE P. A L'AUTEUR

### SONNET

Ce sonnet fut dédié par Plantin à Charles de Rovilon. Il se trouve dans un recueil d'odes de ce dernier poète, publié par Plantin en 1560. Les *Annales Plantiniennes* signalent cet ouvrage comme suit : *Ode responsive à une autre de Charles de Bouillon, et quelques sonnets. Avec des odes de Bouillon.* (*Par Guillaume des Autelz, gentilhomme Charroloys*) *Anvers Christophle Plantin* 1560, 1*vol. in* 8°. Ce signalement emprunté à Paquot (IV, 308) est erroné. Le Musée Plantin possède un exemplaire de cet ouvrage, dont voici le titre exact : *Le premier livre des Odes de Charles de Rovilon. A Anvers de l'Imprimerie de Christophle Plantin MDLX.* Parmi les poésies liminaires nous trouvons d'abord une dédicace : *A Tres nobles et vertueuses Dames Madame Marie de Montmorancy, Contesse de l'Alain, et Ma-Dame Eleonore de Montmorancy, Dame de Buignicourt,* signée C(harles) d(e) R(ovilon). Suit alors une ode *Au mesmes Dames,* sous laquelle nous trouvons comme signature la devise de de Rovilon ; *Amor virtute perennis.* Viennent encore un sonnet de G. des Autelz : *En faveur de l'Auteur* avec sonnet-réponse de de Rovillon ; un autre sonnet à l'auteur par son frère Guillaume D. R. et enfin le sonnet de Plantin reproduit par nous sous le n° v.

De Rovilon répondit à ces vers de la façon suivante :

Ne dis plus, mon Plantin, les graces feminines
(Qui peuvent tous les Dieus, et Daemons enchanter)
N'avoir jamais contraint les hommes de chanter
Le miracle excellent de leurs beautés divines.

A ! c'est trop blasphemé, Plantin, elles sont dignes
D'avoir tous les honheurs qu'on pouroit meriter :
Mais n'est ce pas beaucoup povoir ressuciter
Un homme presque mort par leurs faveurs begnines !

Si je ne t'aimois tant, je prirois qne les cieus
Te fissent quelque jour, contempler les beaux yeux

Qui d'un eternel feu rebrullent ma pauvre ame ;
Alors tu pourois bien (à ton peril) sçavoir
(Comme moi mal-heureus) la force & le pouvoir
Dont les Dieus ont armé la beauté d'une Dame.

Ces deux sonnets ne sont pas les seules preuves que nous fournit ce livre des relations amicales entre Plantin et de Rovilon.

Charles de Rovilon (appelé aussi Rouillon), un Français dont le lieu de naissance nous est inconnu, vint à Anvers vers 1558 pour s'y perfectionner dans les mathématiques et l'astronomie. C'est alors qu'il fit la connaissance de Plantin qui lui rendit plus d'un service, entre autres par la publication du *Premier Livre des Odes*.

Cet ouvrage contient une *Ode a Christophle Plantin* (1), dans laquelle le jeune de Rovilon remercie l'architypographe de ses bons offices. Nous en empruntons quelques strophes :

C'est toy qui fais que j'œuvre
La bouche pour parler
C'est toy qui fais voller
Par le monde mon œuvre.
Tu donnes hardiesse
A mon commencement
Asseurant doucement
Ma craintive jeunesse.

C'est donc raison que j'offre
A tes cler-voyants yeus,
Ce que j'ayme le mieus
Des trésors de mon coffre.
Recoy cette mienne Ode
Dond je te fay present :
Je n'ay pour le present
Richesse plus comode.

Un peu plus loin nous trouvons une deuxième *Ode* à Christophle Plantin (1) où nous puisons les rares particularités biographiques qui nous soient connues concernant Ch. de Rovilon.

(1) Fol. 14.



4

Il perdit ses parents à peine âgé de dix ans, et ne connaissait d'autre plaisir que l'étude. Il confie tout cela à son ami Plantin :

J'ay tousiours la charge rude
De l'estude
Poursuivi d'ung cœur ardant,
J'ay tousiours suivi ma Muse
Qui m'amuse
De son caquet mignardant.

Tout son savoir ne lui procura cependant pas le bonheur. La vie restait dure pour lui, et il aspire à la voir finir :

Mais cher amy, je te prie
Prie, & crie
Vers les cieus luysants, afin
Que mes maus ils me pardonnent,
Ou me donnent
De mes jours la briefve fin.

## VI

## AUX EXCELLENS ET MAGNIFIQUES SIGNEURS MESSIGNEURS LES BOURGHEMAISTRES, ESCHEVINS & PRUDENT SENAT DE LA TRÈS RENOMMÉE VILLE D'ANVERS, S.

Dédicace en vers du volume «*La première et la seconde partie des dialogves françois pour les ievnes enfans. Het eerste ende tweede deel van de Françoische t'samensprekinghen, ouergheset in de nederduytsche spraecke.* A Anvers de l'imprimerie de Christofle Plantin. MDLXVII».

Les Bourgmestres de l'année 1567 étaient messires Henri van Berchem et Jacques van der Heyden. En leur dédiant le présent volume, Plantin se plaint de n'avoir pu, comme il l'avait espéré, mener à bonne fin la publication de son *Thesaurus theutonicae Linguae*. Plantin commença à imprimer ce volume au mois de janvier 1566. Il en tira trois feuilles qu'il jeta au rebut. Il reprit le travail le premier mars 1567 et en imprima cette année douze feuilles. Recommencé le 2 juin 1572, le livre fut terminé du 26 au 31 janvier 1573.

## VII

## CHRISTOPHLE PLANTIN IMPRIMEUR AUX PRUDENS ET EXPERTS MAISTRES D'ÉCOLLES, & TOUS AUTRES QUI S'EMPLOYENT A ENSEIGNER LA LANGUE FRANÇOISE.

Epitre en vers dans les liminaires du même volume. Entre autres choses intéressantes, Plantin nous y apprend la manière dont il quitta le métier de relieur pour celui d'imprimeur. Un soir il fut gravement blessé dans les rues d'Anvers; sa vie fut en danger; il guérit, mais «l'estoc receu» l'avait rendu trop faible pour reprendre «le métier éleu» qui l'avait «nourri en liant des volumes», ce qui le décida pour l'avenir «de les écrire à la presse sans plumes.»

## VIII

## LE MESME AUX JEVNES ENFANS DE BON NATVREL

Strophes se trouvant à la suite des précédentes dans le même volume.

## IX

## C. P. TOTTEN IONGHERS DIE GREYTICH OM LEEREN SIIN, ENDE GHEENEN MIDDEL EN HEBBEN OM SCHOLEN TE GAEN

Vers flamands dans les liminaires de *A B C, oft exempelen om de kinderen bequamelick te leeren schryven, inhoudende vele schoone sentencien tot onderwysinghe der ionckheyt, t' Antwerpen by Christoffel Plantyn M.D.LXVIII.*

Modèles d'écriture dont le texte est rédigé par Pierre Heyns, maître d'école et poète anversois. Ces sont les seuls vers en flamand signés par Plantin que nous ayons rencontrés. Comme il ne s'est jamais servi de cette langue dans sa correspondance, nous sommes autorisés à croire qu'il s'est fait aider de Pierre Heyns pour les composer ou pour les traduire.

## X

## LE BONHEUR DE CE MONDE.

## SONNET

Imprimé sur feuille volante grand in 4°. Nous en avons trouvé un certain nombre d'exemplaires parmi les papiers du Musée Plantin-Moretus.

A la suite de la célébration du quatrième centenaire de la naissance de Plantin, des journaux et des revues de Paris, dont nous citerons *L'Œuvre* (23 août 1920), publièrent le sonnet suivant, qu'ils attribuèrent au célèbre typographe :

Avoir peu de parens, moins de train que de rente,
Et cercher en tout temps l'honneste volupté,
Contenter ses désirs, maintenir sa santé,
Et l'âme de procès et de vices exempte,

A rien d'ambitieux ne mettre son attente ;
Voir ceux de sa maison en quelque authorité,
Mais sans besoin d'appuy, garder sa liberté,
De peur de s'engager à rien qui mescontente,

Les jardins, les tableaux, la musique, les vers,
Une table fort libre et de peu de couverts,
Avoir bien plus d'amour pour soy que pour sa dame,

Estre estimé du Prince et le voir rarement,
Beaucoup d'honneur sans peine et peu d'enfants sans femme,
Font attendre à Paris la mort fort doucement.

Tous ceux qui ont emporté en souvenir de leur visite au Musée Plantin un exemplaire, imprimé sur les vieilles presses, du sonnet que la tradition anversoise considère comme une œuvre spirituelle de l'illustre éditeur tourangeau, se rendent compte qu'il y a confusion et que le sonnet reproduit par les journaux parisiens n'est pas le même que celui qui se vend à Anvers. Certes il a des analogies d'idées et de forme avec le sonnet que les Anversois attribuent à Plantin, mais c'est cependant une œuvre d'une toute autre facture.

Ni à Anvers ni dans aucun autre endroit de Belgique, on n'a jamais considéré Plantin comme l'auteur du sonnet que nous venons de reproduire et c'est donc bien à tort que M. André Billy, dans *L'Œuvre* (août 1920), a déclaré qu'il communique ce poème «confiant en l'érudition des libraires d'Anvers et autres villes belges, qui vendent comme étant l'œuvre de Plantin le sonnet intitulé *Le Bonheur de ce monde*».

M. Billy se trompe. Jamais on n'a prétendu en Belgique que le sonnet publié par *L'Œuvre* était une composition de Plantin.

Il n'est donc pas surprenant que presque aussitôt d'autres écrivains tinrent à signaler que le sonnet paru dans les journaux de Paris était d'un autre auteur. Fernand Fleuret, qui possède à fond la littérature française des XVIe et XVIIe siècles, fut un des premiers à faire remarquer que la pièce de vers était de Vauquelin des Yveteaux. En effet, elle a été publiée dans le Recueil de Sercy (Edition de 1653, page 63) et dans les Œuvres poétiques de Vauquelin des Yveteaux, publiées en 1854, par Prosper Blanchemain.

Il étonne quelque peu qu'un journal parisien ait pu attribuer à Plantin cette pièce de vers de Vauquelin des Yveteaux, car c'est la plus notoire de toutes les œuvres du fameux poète épicurien français. Elle est déjà mentionnée dans la *Biographie Universelle* de L. G. Michaud (1814) tome XI, p. 247, et Larousse, dans son *Grand Dictionnaire Universel*, 1876, tome XV, la reproduit à son tour, au mot «*Vauquelin*».

A son apparition, le sonnet libertin de Vauquelin causa un vif scandale et François Ogier y répondit par un autre Sonnet qu'on trouve aussi dans le *Recueil de Sercy*. Dans un article paru dans *L'Intransigeant* du 29 août 1920, M. Georges Mongrédien a appelé l'attention sur ce poème, qui contient de piquantes allusions à la vie extravagante du poète des Yveteaux :

Vivre en Sardanapale et croire en Epicure,
Noyer ses sentiments dans les plaisirs du corps,
Parmy l'oisiveté faire tous ses efforts,
Afin de satisfaire à la bonne nature ;

N'avoir pour tout object qu'une sale peinture,
Souiller l'âme au dedans et les yeux au dehors,
Sur les quatre vingts ans presque au nombre des morts,
Ne méditer jamais ny mort ny sepulture ;

Un sérail qui comprend l'une et l'autre Vénus,
Des femmes sans honneur et des marys cornus.
Des enfants, mais bastards ; des valets, mais infâmes ;

Estre considéré comme un vieux monument,
Qui cache sous la cendre un tison plein de flamme :
C'est attendre à Paris l'enfer tout doucement.

La méprise de la presse parisienne s'excuse quelque peu lorsqu'on considère l'analogie que le sonnet de Vauquelin des Yveteaux présente avec celui attribué par les Anversois à Plantin. La similitude entre les deux sonnets est en effet frappante.

Ce n'est d'ailleurs pas M. Billy seul qui ait confondu le sonnet de Plantin et celui de des Yveteaux. M. Paul Hervieu l'avait déjà fait avant lui dans un feuilleton intitulé *Notes de Route* (*Le Journal* de Paris, 1er octobre, 1894). Il décrit le Musée Plantin et dit qu'il y a vu le « sonnet de Plantin, très authentiquement autographié et daté par lui ». Nous ne comprenons pas cette erreur, car un manuscrit de ce genre était et est encore inconnu au Musée anversois. Le poème de Plantin est classé dans la littérature française, dit M. Hervieu, sous le titre de « Sonnet de l'Epicurien » mais attribué à Nicolas des Yveteaux.

La simple comparaison prouve que malgré leur ressemblance les deux sonnets sont des œuvres bien distinctes l'une de l'autre.

En présence d'une telle similitude on pense cependant involontairement à de l'imitation et ainsi on est arrivé à considérer le sonnet de Vauquelin des Yveteaux comme une imitation du sonnet édité à Anvers. Il y a quelque vingt-cinq ans, on a imprimé à Anvers, sur les presses du Musée Plantin, à titre de curiosité, un grand nombre d'exemplaires du sonnet de Vauquelin, sous le titre : « *Sonnet imité de celui de Christophe Plantin, Le bonheur de ce monde* » et avec cette indication de source : Tiré de Nicolas Vauquelin, Seigneur des Yveteaux : *Délices de la Poésie française*, Paris 1620. Cette assertion, ne s'appuyant sur rien, ne prouve pas que le poète des Yveteaux ait imité Plantin. A nous maintenant d'examiner si elle est fondée.

L'impression la plus ancienne connue du sonnet de Vauquelin est de 1653 (*Recueil de Sercy*). Si nous découvrions une impression plus ancienne du sonnet, attribué par Anvers à Plantin, nous aurions déjà une probabilité pour l'imitation.

Autant que nous sachions, le sonnet de Plantin a été publié pour la première fois, sans nom d'auteur, dans le *Portefeuille de Monsieur L. D. F.* (Carpentras, Labarre, 1694) (1), donc après l'impression de la pièce de vers de Vauquelin des Yveteaux dans le *Recueil de Sercy*. Cependant, cette publication postérieure n'exclut pas la possibilité d'imitation car le sonnet de Plantin peut avoir paru sur des feuilles volantes ou sous une autre forme avant d'être inséré dans le *Portefeuille de Monsieur L. D. F.* C'est d'ailleurs sous la forme de feuille volante qu'il a été découvert lors de l'érection de la maison Plantin-Moretus en Musée public. Dans ses *Rimes de Plantin* (Lisbonne, 1890), Max Rooses nous le dit : « Imprimé sur feuille volante grand in-4°. Nous en avons trouvé un certain nombre d'exemplaires parmi les papiers du Musée Plantin-Moretus ». L'examen de ces feuilles volantes ne donna aucun éclaircissement ; elles ne présentaient ni millésime, ni filigrane.

Mais un détail est peut-être digne de remarque. Le sonnet est imprimé avec les mêmes caractères que le poème n° XII de notre recueil, également une feuille volante, que Plantin dédia au prince et à la princesse d'Orange quand ils visitèrent son imprimerie, le 14 décembre 1579. Les deux compositions typographiques montrent une identité frappante. Serait-il

(1) L. de la Faille, auteur des « Annales de Toulouse ». Cet ouvrage a été réimprimé dans le deuxième volume des « Passetemps poétiques ». L'éditeur a ajouté sur le titre Ouvrage posthume de M. Bruzen de la Martinière. (Barbier T. III, 955).

téméraire de supposer que *Le bonheur de ce monde* a été imprimé à la même époque ? Quoi qu'il en soit, il n'est pas impossible que les feuilles volantes conservées au Musée Plantin datent de la fin du XVIe siècle et soient donc bien plus anciennes que le *Portefeuille*, où le sonnet attribué à Plantin se rencontre pour la première fois en France.

Est-il d'ailleurs absolument nécessaire que Vauquelin des Yveteaux ait imité Plantin ? Ne serait-il pas possible que l'un et l'autre se soient inspirés d'un poème qui nous est encore inconnu ? Les deux sonnets ont en effet un bouquet classique et horatien. Il y a une traduction française d'un sonnet de Senèque qui donne, sous une forme à peu près semblable, la même règle de vie : *Les douceurs de la vie privée, traduction de Senèque* (Œuvres mêlées de Mr. de Saint Evremond, t. VII, p. 200. Edition P. Dumortier, Amsterdam, 1706). Je n'en citerai que quelques vers :

Moi, je veux sans quitter mon aimable séjour
Loin du monde & du bruit rechercher la sagesse.

Là sans crainte des Grands, sans faste et sans tristesse
Mes yeux après la nuit verront naître le jour,
Je verrai les saisons se suivre tour à tour,
Et dans un doux repos j'attendrai la Vieillesse.

Outre les sonnets de Vauquelin et de Plantin, il y a tout une série de sonnets qui traitent le même sujet de la même manière. Georges-Armand Masson et Georges Mongrédien, qui ont publié dans la *Revue critique des Idées et des Livres* (XXIX, no 172) un article très attachant sur le sonnet de Plantin, en reproduisent un d'Agrippa d'Aubigné : *Veux-tu savoir qui peut faire la vie heureuse ?* qui ressemble énormément aux précédents, et un autre encore du poète Des Barreaux, paraphrase encore bien plus frappante du thème connu. Ils renvoient encore à un autre sonnet du même genre, dont Charles Quinel est l'auteur. M. G. Mongrédien a repris et developpé cette étude dans le recueil plantinien publié par le *Musée du Livre* de Bruxelles (1921).

Par rapport à cette question du sonnet, il y avait autre chose à faire remarquer et dont, jusqu'à maintenant, pensons-nous, on n'a pas encore touché un mot. Cette remarque aurait remplacé avantageusement la polémique stérile Des Yveteaux *contra* Plantin, qui a surgi sans la moindre apparence de raison, d'une manière imprévue et dans laquelle on a eu tout l'air d'avoir voulu combattre contre des moulins à vent.

Un sonnet, *Le bonheur de ce monde*, mot à mot conforme à celui du Musée Plantin,' se rencontre dans quelques éditions des œuvres complètes de M. de Saint-Evremond. Il ne faudrait donc pas s'étonner qu'on vienne prétendre que de Saint-Evremond est l'auteur de ce sonnet. Pour parer à cette éventualité, nous estimons qu'il y a lieu de montrer qu'il n'en est pas ainsi, aussi vraisemblable que cela puisse paraître à premier examen.

Nous sommes en possesion d'une édition des *Œuvres mêlées de Mr de Saint-Evremond*, en sept tomes, publiée à Amsterdam, chez Pierre Mortier, en 1706, par les soins de Des Maizeaux. Dans la *Préface* et *l'Avertissement*, imprimés dans le tome premier, il y a la preuve que le sonnet *Le bonheur de ce monde*, n'a pas été composé par de Saint-Evremond. Voici ce qu'en dit Des Maizeaux dans l'*Avertissement* : « Au reste, comme on a retranché de cette édition, aussi bien que de la précédente, toutes les pièces qui n'étaient pas de M. de Saint Evremond, que la plupart de ces Sortes de Pièces ont eu l'Approbation du Public ; j'ai cru en devoir faire réimprimer les meilleures. Elles paraitront dans très peu de temps, en deux volumes de la grandeur de ceux-ci, & plus correctes qu'on ne les a encore vues ».

De ces sept tomes des *Œuvres mêlées de M. de Saint-Evremond*, il n'y en a en vérité que cinq qui contiennent des productions qu'on ne peut disputer à l'auteur. A la page 484 du tome V, on lit en effet : Fin du cinquième et dernier tome ». Aucun d'entre eux ne contient *Le bonheur de ce monde.*

Les deux volumes de poésies et de proses attribuées erronément à de Saint-Evremond, et dont il est question dans le passage de l'*Avertissement* que nous venons de reproduire, ont été publiés aussi en 1706 par le même libraire, dans le même format qui celui des cinq premiers tomes. Ils furent joints comme tomes 6 et 7 aux *Œuvres mêlées ;* mais avec un autre titre, qui ne laisse aucun doute sur leur origine : *Mélange curieux des meilleures pièces attribuées à M. de Saint-Evremond, et de plusieurs autres ouvrages rares ou nouveaux.* C'est dans le tome VII des *Œuvres mêlées,* mais en réalité dans la seconde partie du *Mélange curieux*, que se trouve le sonnet *Le bonheur de ce monde*. Puisque Des Maizeaux l'a inséré dans cette partie, on peut en conclure qu'il n'est pas l'œuvre de M. de Saint-Evremond.

La préface des *Œuvres mêlées* nous donne encore plus de certitude à ce sujet. Des Maizeaux nous y fournit un détail très intéressant, qui nous explique comment on a pu attribuer à De Saint-Evremond une pièce de vers qu'il n'avait pas rimée. «Ceux qui n'ont pas connu Monsieur de Saint Evremond, écrit-il, doivent savoir qu'il n'a jamais rien fait imprimer & que les Livres qu'on a publiés sous son nom, ont été imprimés sur des copies qui couroient dans le monde». Et puis il ajoute : «Les deux premiers volumes qu'on a vûs de lui eurent un si promt débit, que le libraire de Paris voulant donner une édition plus ample, n'épargna rien pour ramasser de nouvelles Pièces : cela fit que sans beaucoup de choix il ajoûta aux véritables Ecrits de Monsieur de Saint Evremond diverses pièces qui n'étaient pas de lui. Ce désordre a augmenté dans toutes les Editions suivantes, & il est allé enfin si loin, qu'on a imprimé des Volumes entiers où il n'y a rien de Monsieur de Saint Evremond».

Ces procédés singuliers ne fâchaient pas l'ami de Ninon de Lenclos. Il les tolérait avec beaucoup de philosophie. Il écrivait à ses amis, au sujet des ouvrages qu'on imprimait sous son nom : «Il y en a de bien faits que je n'avoue point, parce qu'ils ne m'appartiennent pas ; & parmi les choses que j'ai faites on a mêlé beaucoup de Sottises, que je ne prend pas la peine de désavouer. A l'âge ou je suis, une heure de vie bien ménagée m'est plus considérable que l'intérêt d'une médiocre réputation».

Un jour que Des Maizeaux lui faisait remarquer qu'il devait faire à ses amis le plaisir de leur indiquer les pièces qu'il répudiait comme n'étant pas de lui, il lui répondit non sans esprit : «Il se mêle, peut-être, un peu de vanité dans ma conduite. Il y a telle Pièce imprimée parmi mes œuvres que j'avouerois de tout mon cœur, & qui vaut mieux que ce que j'ai fait».

Mais une autre communication de Des Maizeaux est d'un intérêt encore plus grand pour nous. Quelque temps avant le décès de St. Evremond, on le chargea de l'édition des œuvres de ce dernier. St. Evremond relut avec lui ses différents écrits et «il marqua sur un Exemplaire ce qui était de sa façon & ce qui n'en étoit pas». C'est ainsi que nous savons que c'est de St. Evremond lui-même qui a déclaré à Des Maizeaux que le Sonnet *Le Bonheur de ce monde* n'était pas de lui.

Signalons encore, pour être complet, qu'à la Bibliothèque de l'Université de Gand on conserve un manuscrit avec des poésies françaises et flamandes attribuées à Guillaume van Exaerde, seigneur de Water-houte, et que parmi les poésies françaises de ce manuscrit publiées par M. Paul Bergmans dans les *Analectes Belgiques* (Gand, C, Vyt, 1896, p. 103), se trouve, sous le titre *La Maison Réglée*, une reproduction défectueuse et incomplète du sonnet de Plantin. Il est hors de doute que le gentilhomme flamand a reproduit de mémoire d'une façon très imparfaite le sonnet qu'il avait lu ou entendu réciter ailleurs.

Voici ce que le poème devient dans le manuscrit gantois :

Avoir une maison, propre, commode et belle,
Des jardins tapissés d'espailliers odorans,
D'excellent vin, peu de train, peu d'enfans,
Posséder seul, sans bruit, une femme fidèle,
N'avoir debtstes (ni) proces ni querelle,
Ni partage à faire avec ses parens,
N'espérer ni se promettre rien de grand.
Vivre sans jalousie et sans ambition,
Se régler sans scrupule à la dévotion,
Avoir l'esprit libre et le jugement fort,
C'est attendre chez soy bien doucement la mort.

Il est donc bien établi que le sonnet n'est ni de Vauquelin des Yveteaux, ni de Saint Evremond, ni de G. van Exaerde. Jusqu'à maintenant, aucun document ne permet d'en contester l'attribution à Plantin. On peut donc continuer à le considérer comme étant une des productions de sa muse.

Le contraste entre l'épicurisme du sonnet et la sévère morale qui se reflète dans toute la *Correspondance* de Plantin, est bien frappant. Le caractère et les habitudes de Plantin ainsi que sa conception de la vie familiale s'y montrent peut-être sous un autre jour que dans le sonnet, mais cependant pas au point de pouvoir prétendre que le sonnet n'est pas de lui. Cette pièce de vers témoigne d'un besoin de jouissance moins sensuel et moins cynique que celui du sonnet de Vauquelin. L'épicurisme de Plantin est si sévère et si pieux que sa domination et son mépris des passions ressemblent plutôt à un genre de néo-stoïcisme selon le cœur de Juste Lipse. Le fait de désirer une belle maison, un jardin, de tenir à la bonne chère et au bon vin n'est pas surprenant même chez un homme aux principes rigides comme Plantin. N'est-il pas le premier bâtisseur de la magnifique habitation qui fut si bien embellie plus tard par Balthazar Moretus qu'elle était citée avec celle de Rubens comme les deux plus belles d'Anvers ? N'appartenait-il pas à une époque où le goût des jardins et des plantes (1), à en croire le témoignage de De Lobel, était plus vif dans nos contrées que partout ailleurs? Les archives du Musée Plantin nous apprennent d'ailleurs que l'architypographe louait un jardin à Berchem (Arch. LIX, p. 25 v.) et qu'en 1582 il en acheta un au prix de 382 fl. 8 pat. (Arch. LX, p. 34 v.) N'était-il pas l'ami des plus grands botanistes de ce temps, des Dodoens, des De L'Escluze et des De Lobel? Ne considérait-il pas comme des présents précieux les graines rares qu'il échangeait avec ses amis Arias Montanus, Juste Lipse et autres? Ne ressort-il pas de comptes conservés aux archives du Musée Plantin que plus d'une barrique de vin est entrée dans les caves de l'hospitalière maison de l'architypographe? (2)

« *Avoir peu d'enfants* » est un souhait qu'il faut bien se garder d'interpréter dans ce sonnet dans le sens des principes modernes, plus ou moins néo-malthusiens. Plantin avait six enfants, son fils lui avait été enlevé prématurément et ses filles lui avaient donné beaucoup de tracas et de soucis. Il est donc assez vraisemblable qu'un nombre limité d'enfants lui paraissait de nature à donner moins d'inquiétudes, donc plus de bonheur. « *N'avoir dettes* », voilà encore une autre chimère pour celui qui pendant toute sa vie avait été aux prises avec des difficultés financières et en avait beaucoup souffert, comme il ressort de nombreuses lettres de la *Correspondance*. Et enfin, ce « *N'espérer rien des grands* », n'est-ce pas un cri jailli du cœur de l'architypographe du roi, qui avait tant bâti sur les promesses de Philippe II et qui, par le peu d'empressement que celui-ci mit à les tenir, était tombé dans une situation si précaire.

Il y donc dans cette poésie maints détails qui s'accordent avec les habitudes et les conceptions de Plantin. Le sonnet résume tous les plaisirs de la vie dont il jouissait et qu'il prisait, et aussi ceux qui ne lui avaient pas été départis mais auxquels il croyait pouvoir prétendre parce

(1) Le grand amour de Plantin pour les fleurs se manifeste dans les lettres n^os 1167, 1236, 1399, 1454, e. a.

(2) La lettre 1167 nous montre quel accueil hospitalier il réservait à ses amis. Il invite J. Lipse et pour l'engager à venir il lui dit: « Habes vina, cerevisias optimas, carnes salitas, gallinas ponentes aliquando ova recentia, hortos, necessaria externa omnia et, quod te non nescire scio, animum tibi prorsus addictum ». Corresp. VIII & IX, p 79.

qu'ils lui auraient donné plus de bonheur. Sans doute a-t-il écrit ce poème par une journée ensoleillée, alors qu'il faisait la balance de sa vie avec cette belle humeur qui ne l'a jamais entièrement quitté, malgré les grands soucis qui l'accablaient.

## XI

## SOVHAIT

Vers adressés au prince d'Orange Guillaume le Taciturne et à la princesse d'Orange Charlotte de Bourbon, probablement à l'occasion de leur Entrée à Anvers en 1578. Imprimé en trois caractères variés sur une feuille volante in 4°, dont un seul exemplaire s'est conservé.

## XII

## LE SEUL DIVIN EST PERDVRABLE, TOVTE AVTRE CHOSE EST PÉRISSABLE

Souhait de bienvenue adressé au prince et à la princesse d'Orange au moment où ils visitèrent l'imprimerie Plantinienne, le 14 décembre 1579, tiré sur une feuille volante in-folio. Il s'est conservé deux exemplaires de cette pièce, l'un tel que nous le donnons ; l'autre, imprimé en caractères plus grands, sans titre et sans les lignes finales : « Faict et imprimé, etc. ».

Les deux pièces sont imprégnées de l'esprit mystique qui caractérise la doctrine de la secte à laquelle Plantin a longtemps appartenu.

## XIII & XIV

## 1° AV PRVDENT SÉNAT ET PEVPLE D'ANVERS
## 2° AV DÉBONAIRE SPECTATEVR ET LECTEVR DV THÉATRE D'ABRAHAM ORTEL

Ces deux poésies se trouvent parmi les liminaires de la traduction française de l'Atlas d'Ortelius *Theatrum orbis terrarum*, publiée par Plantin en 1581 avec le titre suivant : *Theatre de l'Univers, contenant les cartes de tout le monde. Avec une briève déclaration d'icelles. Par Abraham Ortelius. Le tout reveu, amendé et augmenté de plusieurs cartes et déclarations par le mesme autheur MDLXXXI.* Dans les éditions de 1587 et de 1598 on retrouve les mêmes poésies liminaires.

Ces poésies empruntées au *Théâtre* de 1581 ne sont pas datées. Il se peut qu'elles aient déjà paru dans les éditions françaises antérieures, notamment dans celles de 1578, 1574 ou 1572, dont aucun exemplaire ne nous est connu. Dans une lettre adressée à Hobosch en date de janvier 1582, Plantin écrit qu'il a dédié et offert le *Theatre du Monde* aux magistrats de la ville d'Anvers, au nom d'Ortelius, en 1581. « J'ay faict la dedication et present du Theatre du Monde en françoys au nom d'Abraham Ortelius... » (*Correspondance* I, p. 209). Si Plantin désigne par cette « dedication » les vers *Au Prudent Sénat,* ce qui est très probable, nous pouvons admettre que cette poésie fut écrite pour l'édition de 1581.

## XV

Vers manuscrits trouvés parmi les autographes de Plantin. Ils ont évidemment été faits pour servir d'explication à une gravure où figurait le roi Philippe II. Cette estampe est la planche gravée par Jean Wiericx cataloguée par Alvin sous le n° 1511, avec le titre *le Pape et l'Empereur.* On y voit le pape et le roi Philippe II, agenouillés et recevant du Christ le globe terrestre, surmonté d'une épée, d'un rameau d'olivier et d'une croix, entourés d'une couronne. (Cette gravure se trouve dans les collections du Cabinet des estampes de la *Bibliothèque Royale de Belgique.* L'aimable conservateur, M. L. Paris, nous a permis d'en donner ici une reproduction. Le petit poème de Plantin prouve que le titre *Le Pape et l'Empereur,* donné par Alvin à la gravure de Wiericx, est erroné. *Le Pape et le Roi* est plus exact).

## XVI

Ces deux vers ont été écrits par l'architypographe en 1588, quelques mois avant sa mort, sur le brouillon d'une lettre conservée dans les archives du Musée Plantin-Moretus. Ils affirment, une fois de plus, sa foi dans les deux grandes vertus directrices de sa vie : le Travail et la Constance, que sa marque typographique, le compas d'Or, exprime d'une façon symbolique, le pied immobile représentant la Constance, le pied tournant le Travail. Dans ces vers, Plantin ajoute à ces vertus l'humilité et la patience, les deux traits essentiels de son caractère. Ecrits dans une espèce de bienfaisante accalmie au moment où le sort semblait enfin lui sourire après une existence de luttes et de désillusions de tout genre, ces deux vers sonnent, dans leur laconisme, comme un acte de foi et un cri de victoire.

# 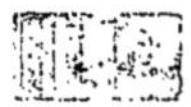 Table des Planches hors texte.

IMPRIMERIE

J.-E. BUSCHMANN

ANVERS

www.ingramcontent.com/pod-product-compliance
Ingram Content Group UK Ltd.
Pitfield, Milton Keynes, MK11 3LW, UK
UKHW022123260726
13993UKWH00003B/1204